KB176296

푸른사상 시선 172

그날의 빨강

푸른사상 시선 172

그날의 빨강

인쇄 · 2023년 2월 27일 | 발행 · 2023년 3월 8일

지은이 · 신수옥
펴낸이 · 한봉숙
펴낸곳 · 푸른사상사

주간 · 맹문재 | 편집 · 지순이, 김수란, 노현정 | 마케팅 · 한정규
등록 · 1999년 7월 8일 제2-2876호
주소 · 경기도 파주시 회동길 337-16(서패동 470-6) 푸른사상사
대표전화 · 031) 955-9111(2) | 팩시밀리 · 031) 955-9114
이메일 · prun21c@hanmail.net
홈페이지 · http://www.prun21c.com

ⓒ 신수옥, 2023

ISBN 979-11-308-2017-0   03810
값 12,000원

푸른사상
시선

172

그날의 빨강

신수옥 시집

푸른사상
PRUNSASANG

오르지 못할 나무인 줄 알면서도
오르고 또 올랐다

꺾인 가지에 찔린 상처가 아파
울며 잠든 날은
잎사귀 무성한 나무
더 높은 곳에 오르는 꿈을 꾸었다

어디쯤 올랐을까
생각하지 않는다

욱신대는 발이 향하는 곳
거기가 어디든
쉼 없이 올라갈 것이다

2023년 봄
신수옥

| 차례 |

■ 시인의 말

제1부

제2부

제3부

제4부

한여름 세찬 소나기 맞은 맨몸 가시광의 빨강을 빨아들인 꽃

2월의 샐비어는 빵고를 추었다 스무 살 처녀들의 재잘거림

제1부

있는 빵,'를 추었다 스무 살 처녀들의 재잘거림 연주처럼 몰려왔다 사라졌다 빨강은 길어지고 길어져서 더욱 외로워

고 와서 머리는 눈 그쪽을 향했는데 돌아갈 날 기다리지 못하고 묽은 저녁노을 속으로 사라진 꽃 빨강이있다 눈이 저릴 만큼 강렬한

봄을 보내는 방식

꽃을 싣고 온 트럭에서 봄을 삽니다 비닐봉지에 봄을 담아 온 날은 새 식구를 맞느라 분주합니다 오래된 꽃들이 어린 봄을 맞아 곁을 내줍니다 나비가 팔랑댑니다 등에 업혀 따라온 몰랑몰랑한 봄볕을 베란다에 넉넉히 부려줍니다

꽃 파는 총각이 머릿속에 넣어준 봄 설명서를 깜빡 잊어도 걱정 없습니다 새초롬한 봉오리 시절 따라 꽃을 피웠다가 갈 때를 알고 시드니까요

애타는 나를 기다려주지 않은 그녀도 봄이었습니다

시든 꽃을 꺾어버리지 못하고 머뭇대는 것은 져버린 내 마음이 아파서입니다

봄은 또 나에게 와서 필 것입니다 꽃을 보내지 않으면 다시 오는 인연이 들어설 자리가 없어서 부치지 못한 편지들을 허공에 힘껏 흩뿌립니다

아픈 만큼 봄이 멀리 날아갑니다

파동의 날개

무엇이 이토록 조여올까요

날개가 없어 날지 못해도
괴로워하지 않았어요

허우적대며 온 길
오르막과 내리막이 출렁대는
파동이었어요

마루의 환희가
느닷없이 골에 쏟아져
눈물 헤치느라
아픈 날들 많았어요

살아온 날 어느 부분도
생략할 수 없어요

새로 태어난다면

홀가분히 날 수 있을까요

제 날개에 갇힌 새가
숱한 매듭에 묶인 채
곡선의 언덕에서
없는 날개를 펄럭이는 오늘

골짜기 아래
또 엎어져 울고 있는 내가 보여요

빼앗긴 날개옷

이름이 새겨진 새하얀 가운을 벗었다
무지와 편견이 합심한 결과였다

한번 벗은 흰옷을 다시 입기 위해
아무도 모르게 견뎌야 했던 무덤 속 일기

천둥 번개가 땅속까지 흔들어
잠들지 못한 날들
아슬아슬 일기장 한 페이지를 넘기면
끝이 보이지 않는 사구(沙丘)가 앞을 가로막았다

두 손으로 얼굴을 가려도
입안에서 씹히는 모래
엉킨 머리칼을 녹이는 태양의
풀무불 열기

살아나고 싶은 간절한 마음
무릎으로 기어다니며

무덤의 검은 흙을 퍼냈다

저 날개옷을 다시 걸칠 수 있을까
더러워진 손으로는 잡을 수 없어
얼룩을 지우느라 지새운 숱한 밤

혼절을 거듭하며 기어 나온 무덤
천사의 날개가
부서진 어둠 조각을 털며 날아올랐다

날개의 비밀

빈 새장을 봅니다

넉넉한 먹이와 물
짚으로 짠 포근한 둥지
올라앉아 노래하는 횃대

부족함 없이 지저귀던
새

날개가 없다면
천국이었을 텐데
마음껏 펼쳐도 날 수 없어
나날이 퇴화하는 날개가
파란 하늘을 나는 꿈에 시달려요

빈 새장에 울음을 가두고
거짓말처럼 타협하는 나날

어둠 속에서

펄럭펄럭 날아가는 연습
혼자만의 비밀이
날개 접은 밝음을 견뎌요

배반의 모과

연분홍 고운 꽃 한눈에 반해
그다음은 생각도 안 했어요

싱싱하게 맺힌 연두가 부러웠어요
풍성한 잎사귀 사이
햇살의 노랑을 반사하는 순한 외모
암팡지게 동글지 않은 향기에
가슴 설레기도 했는데

한입 베어 물다 놀란 혀
배신에 깨물려 피가 배어났어요

피할 곳 없는 벌판에서
빗줄기에 혼자 젖을 때
당신을 믿으며
따뜻한 품 애타게 기다렸어요

시리도록 환한 웃음

슬프도록 달콤한 말
아낌없이 주고 싶다는 눈빛

보이는 당신이 당신이 아니라서
새장에 갇힌 새처럼
열흘 밤낮을 울다
사흘을 더 울었어요

거미줄에 걸리다

구름 뒤에 숨은 초승달
눈꼬리 촉촉한데
눈물 숨기며
모른 척 길을 가네

흑암을 딛고 홀로 걷는 일이
자고 깨는 일만큼이나 익숙해
지문처럼 새겨진 발자국
그대로 남아 있네

검은 맨드라미 몇 송이 버티고 섰는
녹슨 철 대문으로
바람이 기척도 없이 드나드네

그늘이 세 들어 사는 방마다
몰래 들이친 꽃비가
주렁주렁 거미줄에 걸렸네

환하게 피지 못한 꿈이 먼저 와
어둠 속에 얼굴 묻었네

울음을 접다

굵은 빗줄기에
밤의 경계가 지워집니다

쓰러질 듯 버티고 선 가로등
뺨을 적시는 세찬 비를 견디며
빗살을 뚫고 사방을 밝히는 일에 골몰합니다

비 그치고 날 밝으면
얼얼한 얼굴을 끄고
정물화의 오브제가 됩니다

창문 열고 바라본 하늘
어제 일을 기억하지 못하는 구름이
제자리 찾느라 분주합니다

울음을 어디에 두어야 할지 몰라
간밤 떠내려간 당신의 행방을 수소문합니다
당신을 아프게 연모한 날들

맘껏 울지 못한 울음 곱게 접어
슬픔의 공간에 넣어둡니다

처음부터 예정된 것은 아니었을까
위로가 되지 않는 착각을 합니다

그림을 빠져나온 가로등이
대본을 펼쳐듭니다
어둠에 갇힌 자들의 슬픔을 지우는 연극
조명이 하나둘 켜집니다

침묵의 침묵

지평선을
하루 두 번 지나는 기차
쇠와 쇠가 부딪는 광물성 소리가
벌판을 깨우면
굴뚝을 벗어난 연기가
땅으로 번진다

한낮 게으름의 기지개
오후의 구겨진 옷자락을 편다

마찰을 견디는 바퀴의 신음이
기적 소리와 평행을 이룬다

너만으로 세상이 꽉 찼던 날들
햇살도
비바람도
눈보라도

너를 거쳐 내게 왔다

발걸음은 가벼워
신발 없이도 불편하지 않았는데

너를 태운 기차가
지평선 너머로 도망친다

울음을 떠나보낸 내가
선로 위로 너를 따라갈 때
침목들은
침묵하고

숨은그림찾기

밤이면 이불 들추는 풀벌레 소리
계절을 끌고 가는 달빛

정성껏 오려놓은 기억들이
천정에서 그림자놀이를 한다

하늘의 낭떠러지로
구름은 마음 놓고 비를 쏟아붓는다

파쇄기처럼 밤을 세분하는 소나기
잘린 어둠마다 태어나는 물빛 눈동자

지붕에 쌓였던 젖은 나뭇잎이
싸늘하게 그려놓은 가을

어제와 오늘 사이
너와 나의 틈새

그리움의 넓이와 깊이

유리를 통과한 새벽빛에
잠들었던 심장이 뛴다

방 안 가득 피어난 꽃들이
숨어버린 오늘을 찾는다

지워버린 문장

죽은 듯 거뭇한 가지를 뚫고
반짝이는 연둣빛 새순

표정 없는 당신의 얼굴도
뜨거운 봄의 혀가 간지럽히면
웃음이 싹틀 수 있음을 알았다

수취인 불명의 붉은 도장이 찍혀 돌아온 편지가
내 손에서 눈을 감고 있을 때

사랑하지 않아도 별은 빛나고
사랑해도 유성은
내가 원하는 곳으로 떨어지지 않았다

하루의 연극을 끝내야 하는 밤의 피날레
하늘을 덮은 검붉은 커튼 앞에 앉아
커튼콜을 외쳐주길 기다리다
쓸쓸한 울음 속에 갇혔을 때

뼈가 시렸다

슬픔은 나만의 것
슬픔도 찬란할 수 있는데
별자리 사이를 반짝이며 흐르는 눈물

오래전 지워버린 문장을 찾아야 한다

그날의 빨강

한여름 세찬 소나기 맞은 맨몸

가시광의 빨강을 빨아들인 꽃이
더욱 선명해졌다

9월의 샐비어는
탱고를 추었다

스무 살 처녀들의 재잘거림

반도네온 연주처럼
몰려왔다 사라졌다

빨강은 짙어지고
짙어져서 더욱 외로워지고

젊음을 두고 와서

머리는 늘 그쪽을 향했는데

돌아갈 날 기다리지 못하고
붉은 저녁노을 속으로

사라진 꽃

빨강이었다
눈이 저릴 만큼 강렬한

꾀꼬리 찾기

술래는 감나무에 손을 짚고 살포시 감은 눈을 댑니다 꼭 꼭 숨어라 술래의 주문이 무서운 아이들은 깜짝 놀란 몸짓 으로 자신을 지웁니다 텅 빈 마당에 햇살이 몰려와 술래를 둘러싸고 아무것도 모르는 표정을 짓습니다 숨기면서 드러 내고 싶은 마음이 아이들을 데리고 놉니다 살금살금 다가오 는 술래, 따라온 그림자가 구름을 걷어내면 송아지 맑은 눈 이 나오고 가슴 콩콩대는 사슴이 고개를 들고 활짝 핀 꽃들 이 차례로 웃음을 터뜨립니다

아무도 모르게 마루 밑에 숨은 아이는 따라 들어온 강아 지를 끌어안고 잠듭니다 나른한 오후가 하품을 하면 답답한 감잎이 얼굴을 붉히며 술래에게 눈짓합니다 구름이 붉은 눈 을 흘기자 여기저기 꾀꼬리들이 날아오릅니다

바람이 마당을 쓸고 지나갑니다 새로운 술래가 다시 주문 을 겁니다 술래 눈 속으로 붉은 노을이 스미면 홍시처럼 말 랑한 저녁이 종일 뛰어놀던 아이들을 집으로 숨깁니다 집집

마다 밥상 불빛이 따뜻합니다

　숟가락 위에 올라앉은 숨바꼭질이 사각사각 어둔 밤을 갉
아먹습니다

녹슨 거미줄

부모님은 양지바른 뒷산으로 가신 지 한참
집은 혼자 낡으며 기울어간다

누렇게 늙은 양철 지붕
비 오는 날이면
녹슨 꽃들이 피어나고
마당엔 녹물이 범람한다

귀퉁이마다 터를 잡은 거미줄
희미해진 기억을 받아 적는다
젖은 페이지마다 또렷해지는 활자들

좁은 틈에 숨죽이던 구름의 거처
안드로메다에서 달려온 별이 찾아낸다

폭넓은 치마가 바람에 날린다
두레박을 던지고 셋을 세어야 물에 찰랑

나비 따라 벌판을 뛰어다닌다

뒷산 무덤가 할미꽃을 적시는 비
촘촘한 빗살이 은발을 정갈하게 빗긴다

봉분 주위 자박자박 새긴 발자국
고인 울음을 남기고 떠나왔다

마침표 별자리

하고 싶은 말은 늘
입속에서 맴돌았다

맥박 뜨겁던 시절
네 눈길 바라며
몸 돌리지 못했는데
네가 바라보는 방향엔
하얀 목련이 시리게 피어났다

차마 달려가지 못하는 네 망설임
나는
지는 꽃잎처럼 부끄러웠다

사랑 앞에 자존심은 의미 없어
일기장마다 어룽진 눈물 자욱
연필심을 혀에 댈 때마다 묻어온 말이
행간을 메웠다

구름의 품을 벗어난 그믐달 곁에
빛나는 별 하나
너일지도 모른다는 소문이
스치는 바람결에
죽간*처럼 이어진다

얼마나 오래 울어야
진한 별자리가 완성될까

너를 기대고 살아온 날들에
나 몰래 찍히는 마침표

* 중국에서 종이가 발명되기 전 대나무 조각을 이어 글을 쓰던 것.

다락방

　여덟 식구 바글대는 소리가 집 안 구석구석 빈틈없이 채울 때 나의 사춘기는 질풍노도가 되지 못한 채 조용히 웅크리며 다락방으로 숨어들었다 가문이랄 것도 없는 가난한 족보를 두텁게 내려앉은 먼지 후후 불어버린 후 베고 누웠다 힘들게 허덕이면서도 명문가 족보를 내세우는 아버지의 높은 자존심에 반항하는 나만의 방법이었다 갓난아이 둘러업고 전쟁을 겪은 엄마의 자긍심은 어린 내 영혼에 얹힌 무거운 짐, 비가 오면 엄마의 쑤시는 무릎도 빨래를 짤 때마다 저리는 손목도 다 나 때문이었다 기억에도 없는 전쟁을 앞두고 태어난 내가 잘못인가 갓난아이 끌어안은 엄마를 어찌 도망시킬지 몰라 답답한 날들이 비쩍 말라가기만 했다 울다 지쳐 잠들면 산길을 도망치다 굴러떨어지는 꿈에 시달렸다 진땀에 젖어 깨어나면 손바닥만 한 서향 창을 붉게 물들이는 해, 마땅히 거쳐야 할 반항의 시기를 삭제당한 탓에 아무 때나 분노가 불쑥 고개를 쳐들었다 그 가여운 생을 달래주고 싶어 내 안에 몰래 지은 다락방에 숨으면 아무도 찾아내지 못하는 어둠을 덮고 홀로 마주하는 어린 날의 호흡이 빨라진다

제2부

날개는 주머니 속을 날지 않는다

주머니를 뒤져도
손에 잡히지 않는 날개
편히 쉬라고 쓰다듬으며
조심스레 날개를 접어주었는데

손가락 하나 쑥 빠지는 구멍
좁은 곳도 어두운 곳도 싫은
날개의 탈출구였나

아무도 모르는 날개만의 이데아
깃털 활짝 펴고
태양 가까이 날아가고 싶은 열망
타 죽어도 후회 없을
극강의 비상
그림자를 딛고 날아오른다

목표를 향해 돌진하는 날개는
펄떡이는 심장을 가졌다

지붕 낮은 집

부엉이가 우는 밤
30촉 알전구를 켜기 위해
뒤꿈치를 들지 않았습니다

보름달이 뜨는 날은
창호지 구멍으로
달빛이 드나들었습니다

거울 없는 방에서
서로 눈동자를 들여다보았습니다
당신의 슬픔으로 내가 울었고
내 아픔에 당신 눈이 멀었습니다

이유도 없이 앓는 구름이
지붕 위에 쏟아놓는 물컹한 신음
녹슨 지붕에서 굴러떨어진 눈물은
아픔을 괄호 안에 숨겼습니다

막막한 어휘를 엿들은 별들이

말랑해진 울음을 참으며 돌아가면
방은 점점 납작해져
천장이 이불 위로 손을 짚었습니다

뒷산 부엉이 울음소리
새끼 재우는 다정한 노래에
내가 먼저 잠들었습니다

겨울 악보

활활 타고 남은 장작불에 고구마를 굽는다

단단한 이야기가 익어가는 달콤한 시간

무뚝뚝한 밤이 말랑해진다

벌건 숯을 골라 고구마에 얹어주는

할머니 등에 얼굴을 묻으면

차곡차곡 쌓인 서러운 냄새가 났다

천장에 매달린 등잔이 겨울바람에 흔들릴 때

일렁이는 그림자가

그을음 번진 부뚜막에 실루엣을 남긴다

아궁이 불빛 은은해 어두워도 환한 부엌

거친 손으로 가다듬는 쪽 찐 백발엔 윤기가 흘렀다

곱게 비질한 마당에 내리는 눈이

미안한 듯 발소리를 죽일 때

돌아보지 않으면 들을 수 없는 밤의 풍금이

겨울 악보를 연주하고 있다

양철 지붕 위의 바다

고래가 무리 지어 헤엄친다
지나온 바닷길은 비밀
커다란 꼬리로 흔적을 지울 때
튀어 오르는 물보라가 태양을 적신다

허공을 굴러떨어진
저주파 울음이
양철 지붕의 파도를 깨운다

매끄럽지 못한 사랑이
방해받지 않고
거친 숨결을 두드린다

녹슨 어깨 내어주는 소리가
별빛보다 맑아서
새벽은 하늘 가득 음표를 받아 적는다

곁을 떠나지 말자던 속삭임

바람이 불지 않는 날도 윙윙
귓속을 파고든다

고래의 날숨이
그리운 꽃을 피워 올리는 동안
고백은 오래된 지붕처럼 녹이 슬었다

눈빛의 온도가 다르고
눈물을 해석하는 방식이 달라서
간격이 자꾸 넓어졌다

아가미 열고 걸러내는 새벽안개
고래가 떼 지어 그늘을 뿌린다

폐가를 찾는 방식

그 집을 찾으시는군요
저 강 건너 벌판 지나
언덕을 넘어가세요

물의 신음 소리 들려도
놀라지 마세요
얼음이
슬픈 꿈을 꾸며
뒤척이는 소리니까요

햇살이 꽂히면
맑은 피를 철철 흘릴 테니
해 뜨기 전 서두르세요

옷은 껴입었나요
마음의 단추를 잠그세요

구름이 심장을 열면

배꽃이 쏟아질지 몰라요

언덕에는 문지방이 없어요
수북한 발자국에 파묻혔거든요

그 집이 안 보이나요
단단한 안개
축축한 어둠은
단추를 풀면 사라져요

깊은 들숨과 날숨 사이
당신, 눈을 감고 있네요

낯선 식당

백 년은 넘었을 식당
따라오는 비를 피해
삐걱대는 의자에 앉는다
낯선 분위기에 움츠러드는 어깨

왼손의 문장처럼
밑줄도 제대로 차려지지 않은 식탁
허기에 지친 오후가
수저를 든다

젓가락이 갈라놓은 오늘의 안쪽으로
눅눅한 비위를 건드리는 눈물
떠나지 말라며 붙잡는 당신
미소 띤 가면이 한참 울었다

종아리 잠긴 자동차의 느린 속도
비포장도로가 맑은 어휘들을 꺼내는 오후

숟가락에 얹힌 국물이 눈물처럼 뜨겁다

당신이 멀어진 문장에
점점이 찍히는 통증

혼자 가본 적 없는 신발에
짙은 어둠이 들이친다

물결 위의 마침표

물의 행간에 손을 넣으니
역마살 푸르게 도드라진 손등을 쓸고 가는 물결
손바닥에 돌올하게 읽히는 어휘들

점자 문장들은 흘러
한 권의 강을 찍어내고
강들이 모여 펴내는 바다
들춰보는 섬들이 독후감을 쓴다

바닥도 보이지 않는 깊은 옹달샘에서
어둠을 뚫고 솟아나는 모음과 자음
어우러져 만들어내는 문장
초록 벌판이 여백을 메운다

수평선 너머의 꿈이 적힌 결말은
갯바위에 부딪힌 파도처럼
형체도 없이 찢어지고
세월은 끌고 온 날들을 뒤에 두고

저 혼자 흘러가는데

소리 죽여 울며 빈칸을 채울 때도
한 곳에 멈출 수 없던
내 생은 어디까지 흘러갈까
마지막 문장의 마침표가 물결 위에 찍힌다

어둠의 껍질을 벗기다

징검다리 건너다
물속에 떨어진 별을 줍는다
보름달 환한 곁에
일렁이는 얼굴 하나
양수 속 슬픔이 빠져나온다

물길을 나누는 징검돌
제 몫을 부여안고
발아래 흔들릴 때마다
오래된 통증이 날을 세운다

물이 모서리를 깎는 세월
부딪혀 찢긴 상처를 핥으며 울었다

떠나온 자리를 찾지 못해
녹슬어 빛바랜 별들을
수장하는 새벽
개울가 버들잎의

비릿한 조사

징검돌에 긁힌 어둠이
젖은 허물을 벗는다

간이역

갈가마귀 울음이 비에 젖는 밤
불어난 별들이 은하수 방죽을 넘어와
간이역을 적시고 있다

무릎에 허름한 짐을 놓고
기적 소리에 귀 기울이는 부부

두고 온 것이 아쉬운가
누군가 뒤따라오는 두려움
남자의 눈동자가 불안하게 흔들린다

바닥에 시선을 붙들어둔 여자
한마디 말이 없다

남쪽으로 가는 기차가
비 흠뻑 젖은 이마에 전구를 달면
레일과 바퀴 사이
마찰을 견디는 빗물

비명이 미끄러진다

서둘러 일어서는 남자
짤막한 흰 나무 한 그루 꺼내
아내 손에 쥐여주면
마술처럼 순식간에 자라
톡톡 눈을 땅에 대고
여자의 방향을 조절한다

가지에 피어나는 흰 꽃송이들

내일이 도착한다

내일 피는 꽃

한낮이 소나기에 젖어
정오를 넘은 시간이 길게 늘어집니다
빗소리에 밑줄을 그으면
먹빛 구름이 빠르게 안색을 바꿉니다
물먹은 담벼락에 미끄러지는 오후
축대 아래로 슬픔이 흐릅니다
당신 눈망울에 흐르는
슬픔을 물어볼까 망설입니다
비밀이 많은 그대
얼마나 기다리면 꼭 다문 입술 열어
부드러운 꽃 한 송이 속삭여줄 건가요
아파하는 마음 달래주려
따뜻한 입술로 부는 휘파람
당신에게 도달하기 전 단단하게 업니다
신의 거대한 악기를 숨긴 구름이
문을 여는 순간
강렬한 조명이 하늘을 밝힐 때
천지를 뒤흔드는 음악

떨고 있는 당신을 끌어안으면

내일로 가는 길가에

꽃들이 피어날 것입니다

푸른 달이 떠서

괴괴한 달빛이 세상을 물들이면
외로운 이리 한 마리
전나무 숲에서 울부짖는다

달빛에 파랗게 젖은 눈으로
절벽 위에서 달을 보고 있을
너를 찾느라 초점을 모은다

흰 눈 얹혀 무거운 나뭇가지
내뿜는 숨결이 거칠다
펄럭이는 바람의 갈기가
시베리아 벌판 눈 폭풍을 일으킨다

짙은 울음이 계곡 건너 숲에 닿았을까
메아리가 아닌 너의 음성
그리움이 뜨겁게 흐르는

달빛 푸른 그날

짙은 어둠에 잠긴 숲을 헤치며
울음으로 위치를 알리던
내 속의 너

절규가 합쳐지는 순간
끌어안고 뒹구는 전설 위로
찬란한 별들이 꽃처럼 빛났다

어둠을 찢는 포수의 총소리
본능으로 나를 감싼 너의 팔

중천에 푸른 달 뜨면
붉은 별꽃들이 흰 벌판을 물들인다

겨울을 깨물다

동백꽃 붉게
겨울을 탐하고 있다

계절과 계절을 깨문
붉은 동백을 연모하는
흰 눈송이

무채색 천지를
곱게 색칠하는 동백
노란 심장이
첫눈을 품으며 힘차게 뛴다

끝나지 않은 황홀
꽃을 왜 떨굴까
떨어져도 열흘 더 붉은 입술
붉고 흰 감정이 흐른다

생을 마감한 꽃에

흰 홑청을 덮는 순백의 눈

눈물길 따라
처녀자리 붉은 별을 찾아가면
흰 눈 가득 머금은 입술에
온기가 돈다

라비린토스*

왜 미궁을 지었나요
나를 가두면 온전히
소유할 수 있을까요
슬픔은 어디에 부려놓을 건가요

출구를 찾아 헤매느라
발이 부르트고
눈언저리를 넘은 눈물이
길을 몇 겹으로 부풀립니다

담벼락 그림자가 태양을 피해요
쨍쨍한 공중이 머리에 내려앉고
깃털 세운 구름의 날개가 스칩니다

신발 몇 켤레나 닳아야
날개를 달 수 있을까요
구겨진 호흡이 가빠집니다

헤매는 나를 훔쳐보는 당신

다시는 볼 수 없는 그대
마르지 않는 슬픔은 그리움일까요

멀리서 종소리가 들려옵니다
귓속을 빠져나온 달팽이
더듬이를 뻗으며 기어갑니다

나선형의 밤은 나를 벗어나고

* 그리스 신화에 나오는 다이달로스가 만든 미궁

우주를 들다

나뉘었던 궁창이 합쳐지는 날

카오스가 쏟아져

바닷물은 온통 검게 물든다

깜깜한 우주를 들어 올리는 물고기

거대한 지렛대에 맞서는 부레에 핏줄이 선다

은하수에 발을 씻으며 흩어지는

별들의 방황

혼돈의 하늘로 돌아온 망각이

천공 속에 미래의 청사진을 감춘다

허공의 날숨에 흩날리다 꺼진 아픈 과거

소멸을 거부한 생의 미련에 불이 붙는다

그것을 신생이라 할까

새로이 궁창이 나뉠 때

검은 망토를 걸친 수도승*

고통의 역사를 잊고

다시

두 손을 모은다

* 카스파르 다비드 프리드리히, 〈해변의 수도승〉 캔버스 유화, 110×
171.5cm

별이 된 너

쏟아지는 비의 허리가
바람에 휜다

환하게 웃던 꽃들은
바람의 파도를 탄다

꽃잎의 바다가
날개를 편다

돛단배처럼 수평선을 넘는
고단한 태양의 꼬리가 붉다

모서리 없는 수평선에
흩어진 꽃잎이 별자리를 이룬다

수런대는 어둠 뒤편
손짓하며 부르는 네 얼굴

제3부

백 년 너머 저편

엘리베이터 닫힘 버튼을 누르려는데 4층 노부부가 산책에서 돌아오고 있다 열무잎을 갉아먹으며 앞으로 나아가는 달팽이보다 느린 걸음, 지팡이 짚은 할아버지 한쪽 팔을 부축한 할머니, 어여 가라는 표시로 손을 흔든다 할머니 수화를 알아들었지만 돌아가신 부모님 생각에 울컥, 열림 버튼을 누르고 기다렸다

쏟아져 들어온 햇살이 자궁처럼 포근히 어르신 내외를 맞이하기까지 정지된 세상에 숨 쉬는 것이라곤 지팡이뿐이었다 백 년 너머 저편에서 터진 울음이 어떤 굴곡진 길을 지나왔는지 목적지를 앞에 두고 마지막 힘을 내고 있다

4층에 도착해 열림 버튼을 누르고 잠시 그 삶에 편승했다 한 발짝 거리를 촘촘히 기억하듯 밀고 밀며 입구를 넘어서는 걸음마가 처음 배우는 아기처럼 위태로웠다 돌아보며 주름 사이 미소를 가득 담아 건네는 할머니, 수화보다 짙은 심화였다

숨겨진 지층

걸음마 떼기 시작한 첫딸 업고
친정엄마 따라간 목욕탕

뿌연 수증기에 놀라 울던 아이
물놀이에 재미 붙여
대야의 물을 떠먹다가
비누거품 잡으러 기어 다닌다
아이 따라다니느라 목욕도 제대로 못 하는
딸을 보다 못해
친정엄마가 아이를 안고 일어섰다

엉덩이를 받친 팔 아래
몇 굽이 강물이 훑고 간 모래바닥처럼
눅눅하게 처진 뱃가죽
여섯 번을 팽창했다 오므라들어
겹겹 지층을 이루고 있다

열 달씩 품는 동안

발길질하는 아이를 위해 집을 늘리다
되돌리지 못하고 허물어져
세월의 더께로 뒤덮인 배

힘없이 늘어진 젖무덤
팔다리는 왜 저리 가늘어졌을까

물소리 사람 소리 뒤섞인 목욕탕
눈물을 쏟아도 들키지 않는 구석에서
나는 터져 나오는 울음을 삼키며
아이를 끌어안았다

걸음마, 걸음마

아흔 넘어 노환으로 누운 어머니
이 겨울 지나면
따뜻한 봄볕 쬐며
다시 피어나야 한다고
눈물 흘리는 아들

전쟁과 가난을 누덕누덕
끝없이 꿰매다 지친 구십 년
덧붙였던 조각 하나씩 떼어버린다

표정 잃은 얼굴
멍한 눈으로
흐름 멈춘 계절에 갇혀
물기를 말리고 있다

떼쓰는 어머니를 일으켜
걸음마를 가르친다
꼬부라지고 야윈 등

아들 품에 기대 발걸음을 뗀다

흐릿하게 살아나는 기억
걸음마, 걸음마, 옳지 옳지 잘한다 우리 아들
그 봄날은 참으로 따사로웠지

한바탕의 꿈결
아흔다섯 번 굽이친 봄은
검버섯에 덮여 시들어가는데
늙은 아들의 애타는 눈물은
무슨 꽃으로 피어날까

완벽주의 건축가

둥글게 넘어갈 일도
반듯하게 각을 잡는 아버지는
언제나 견고했어요

침묵으로 지은 성벽
빗장은 잠긴 채 녹슬어
열리지 않았어요

희석되지 않은 문장을
꿀꺽 삼켜버리는 아버지

태어나는 문장은
날것으로 뱉어내세요

내 귀에 닿지 못하고
입속에서 사라지는 어휘들이
두려워 떨던 어린 날

꽃을 빚고 별을 깎으며

구름 몇 층 쌓다 보면
소원대로 완성되는 집

옹이 진 손으로 더 이상
단단한 집을 지으려 애쓰지 마세요

백 년 전에서 멈춘 시간이 울어요

한평생 다 바쳐 지은
말랑한 뜨락마다
어린 별들 우수수 내려와
둥글게 놀고 있잖아요

꽃의 나이

잔주름 고운 노인이 치마를 펴
흩날리는 꽃잎을 받는다

거짓말같이 흘러간 세월
치마폭에 수북한 꽃잎보다 많은 나이

꽃향기에 뛰는 맥박
깊은 들숨
노인의 눈이 침침해진다

당신에게 와서 다 써버린 젊음
바람에 날리는 흰머리칼

구부러진 등에 내려앉아
안다, 안다 위로하는 햇살

꽃 시절로 돌아가지 못해도
꽃의 마음은 여전해

울렁울렁 봄바람 불면
다시 치마를 펼친다

몸 따라 늙지 않는 마음은
아픈 것도 몰라
바람의 소맷자락이
꽃잎을 쏟아놓고 간다

노을에 번지다

짙은 옥잠화 향기 숨 막히는
적십자병원 뒷마당
검은 적막이 은하수를 따라 흘렀습니다

이승과 저승을 끊었다 잇는
가쁜 숨소리
여름이 저 혼자 지고 있습니다

깜빡이는 형광등 불빛 아래
뼈만 남은 엄마 손을 잡고
두려움에 떠는 어린 눈물이
그믐밤 까만 하늘에 어렸습니다

혼자 짊어져야 하는 밤은 너무 무거워
서쪽으로 멀어져가는 엄마를 따라잡느라
간이침대가 흥건히 젖었습니다

새벽을 끌고 오는 아버지 구두 소리가

밤새 막혔던 숨길을 터주었습니다

하얀 옥잠화 꽃부리에 스며든 서툰 기도가
저녁노을에 붉게 젖는데
엄마를 부르는 아버지의 애타는 목소리

여물지 않은 영혼의 울음이
노을에 번져
가슴속으로 뜨겁게
밀려들었습니다

망막에 감추다

슬픔은 두고 가세요
구십 고개 힘겹게 넘었으니
남은 울음도 없겠지요

눈 내리면 아픈 기억 덮고 떠나려
머뭇거리는군요
무엇 하나 가져갈 수 없어도
망막에 맺힌 자식들
눈꺼풀 속에 감추고
그냥 가져가세요

별나라로 가는 외길은
이정표도 없겠지만
발걸음이 이끄는 대로 가세요
머릿속에 간직한 지도는
별무리에 도달해야 사라진대요

우리은하 어디쯤

마중 나올 한 사람
내미는 손 잡고 따라가세요

너무 외로워 마세요
거기 도착할 때까지
이 손 꼭 잡아드릴게요

죽음의 조도(照度)

등을 밝혀도 아득할 뿐
아무것도 보이지 않는데
희미한 기계음이 삑삑
검은 바다를 떠돈다

죽음의 온도를 찾아가느라
가쁜 숨을 몰아쉬는 산소호흡기

창틈으로 스미는 바람
북풍을 숨긴 겨울 바다가
속달로 배달된 날
파도가 너무 가팔라
오르다 미끄러지기를 반복하는
마지막 호흡

빈 몸조차
밝은 색깔로 갈 수 없어
손가락 끝에서 얼기설기

색을 지우며 올라오는 서글픔

살구색 크레파스로는
그려지지 않는 엄마 얼굴
슬펐던 어린 날이
어둠을 찢고 나와
묶였던 통곡의 날개를 펼친다

까만 돛을 펼친 밤이
수평선을 넘는다

뜨겁게 시리다

삼단논법을 배운 날
찬밥을 물에 말아 먹으며 뜨겁게 울었다

밥은 엄마다
엄마는 따뜻하다
고로
밥은 따뜻하다

밥이 잦아드는 소리
솥뚜껑을 밀면
뽀얀 김이
엄마 얼굴을 감쌌다

밥은 따끈할 때 먹어야 하느니라
서둘러 퍼주시던 엄마
언 손을 녹이는 뜨거운 놋주발
식구들 온기가

밥상에 넘쳤다

혀처럼 말 잘 듣는 주걱을
힘없이 놓친 엄마

엄마 손에 길들여진 밥솥은
낯선 손길이 어색해
덜 익은 밥을 내밀었다

뜨거운 밥을 먹어도
목구멍이 시리기만 했던 날들

밥 먹으라고 부르는
엄마 목소리는
아직도 따끈따끈하다

고분을 발굴하다

기다려도 오지 않는 소식
궁금한 바람이 속도를 늦춥니다

별자리로 망명한 당신
나를 잊지 않고 긴 편지를 썼겠지요
구름의 커브에서 속도를 줄이지 못한 우편배달부
가방 속 편지들이 쏟아져
허공이 읽었을 것입니다

초조한 오후가
골똘히 방향을 궁리하는 동안
태양은 말없이 서쪽으로 비켜 앉습니다

구석기 시대를 지나온 바람이
주인 없는 고분을 휘감습니다

무너져 내린 흙더미에서 드러난 유물
바람의 손아귀에 걸려 나온 돌조각에서

당신의 젖은 음성이 부스럭댑니다

기다림에 길들여진 부장품들이
당신과 나를 발굴합니다

바람의 어휘

별빛 글썽이는 밤
너를 읽고 싶어
보이지 않는 윤곽을 더듬는다

주고받은 문장 가득한 메타포
행간에서 쉴 수 있었는데

마침표도 없이 끝나는 마지막
알 수 없는 은유가
귓가에 맴도는 동안

먼 별자리를 빠져나온 바람이
벼랑을 지나며 묻혀 온
어휘를 뒤져
너의 행방을 수소문한다

별의 눈물을 닮은
너를 꼭 끌어안는다

밤의 둘레

그늘에서 자라는 울음이
눈물에 젖는다

달빛 베일을 쓰고
꽃들은 남몰래
어디를 다녀오나

어둠을 헤매다
주저앉은 여자
눈동자에 슬픔을 가둔다

고향 가는
마지막 기차는
그녀를 두고
떠났다

울타리 없는 벌판
밤의 둘레에 갇힌
울음이 짙어진다

숨소리

새벽 어스름
짝을 부르는 휘파람새 소리
튤립이 품을 열어
받아줍니다

맨발로 달려온 유성이
꽃밭에 영롱합니다

밤을 저으며 다가온
벽시계 초침 소리가
햇살에 녹아듭니다

대지의 숨구멍을 드나드는
들숨과 날숨

안개 걷힌 강물을 따라가면
당신에게 닿을 수 있을까요

더듬어 가는 그림자

무거운 발걸음

새가 울던 꽃나무 그늘이
바람을 한 장씩 넘깁니다

오후의 속도

유난히 길어진 오후의 꼬리
잘라내도 사라지지 않아
서쪽 하늘이 꼬리를 물고
태양은 가다 서다 반복한다

십오 년 넘은 TV가 치매를 앓는다
전원 버튼을 누르면
눈을 껌뻑이다 연속극 주인공을 기억해낸다

우주 어딘가에선 지금도 별들이 태어나는데
쉼 없이 일한 지구에서
도시가 늙고
집이 늙고
사람이 늙고
물건이 늙고

까무룩 졸다 깨어나
한참 머뭇거리는 화면

익숙해진 기다림이
흔들의자에 앉아 눈을 감는다

하늘은 파랗고
구름은 희다는 것을 새삼 깨달은 듯
늙은 시계가
백내장 뿌연 눈 부릅뜨고
시계추를 더듬는다

골무

반진고리를 열었다
여든 해 검지를 지켜준 방패
바늘을 받아낸 흔적 촘촘하다

손가락 찔려봐야 고작 피 한 방울

가슴은 찔리면 평생
아물지 않아
아픈 상처 오려낸 후
위로를 꿰매는 밤이
소리 없이 홀로 깊어갔다

엄마가 감침질로 덧대는 말씀은 언제나
난 괜찮다

비단결처럼 곱고
항라같이 여린 마음
평생 단단해지지 않는

엄마의 불치병

무심코 던진 말이 들어와
날실 씨실 헝클어뜨린 몸 안쪽
보이지 않게
뿌리내리고 피어난
붉은 꽃

어깨너머 바느질 솜씨 익히면서도
골무가 되어드리지 못한
흐느낌 앞에

변하지 않는 엄마의 순한 매듭
난 괜찮다

제4부

슬픔이 흐르다

매미 울음 다 받아낸 여름
젖은 초록을 벗는다

슬픔을 듣고 싶지 않아
해 질 녘이면 문을 닫아 걸었다
나뭇가지에 내려온 초승달에
억누른 울음이 숨어 있는지 몰랐다

빈 가지마다 걸린 별들이
당신을 위로하는 줄도 모르고
호롱불 별자리로 방을 밝혔다

뜨거운 눈물이 손등에 떨어져
흐린 불빛이 부풀어 올랐다

젖은 햇살에 눈물 말리는 아침

홀로 밤을 지새운 울음에
허기가 차오르기 시작했다

봄의 촉감

꿈속의 봄은 경계를 넘지 못합니다
꽃의 의지는 묻지 않습니다

몰려드는 사람들 위로
춤추듯 떨어지는 꽃잎들
꽃비의 아픔을 아시는지요
화려한 슬픔에 젖어보셨는지요

뿌리 속에 숨긴 유서는
꽃의 씨앗을 숨긴 상형문자
바위를 뚫고 꽃 피울 거예요

세월에 잠식당해 사라진 문명은
꽃의 의미를 알아내는 일에 몰두했겠지요

보이지 않는 울타리 밖에서
봄이 내미는 손은

내 속에 또렷이 남겨진 체온입니다

흘러간 날들이 기록된 파피루스에
꿈의 경계를 긋는 당신
꽃비 젖은 어깨가
눈시울 붉은 석양으로
한없이 기울어집니다

울음의 방향

자박자박 밀물에
발가락 사이 갯벌을 씻은
도요물떼새들이 날아오른다

추위를 보았구나
정확한 본능의 시계
유전자에 각인된 지도
복습을 마친 날개에 힘이 솟는다

울음이라 부를까
비상을 위한 환호라 부를까
남쪽을 향하는 지저귐

도요새들이 활개치며 날아간 후
구겨진 하늘을 잡아 펴는
구름의 손놀림이 빠르다

등대가 비추지 않아도

별자리를 보고 길을 찾을 수 있어
괜찮아요 괜찮아요
바다를 안심시키는 새들의 화음

하늘과 바다 사이
물소리 바람 소리 편안하다

그렇게 어른이 되었네

우린 둘 다 번호키 소유자
열쇠가 따로 없고
열고 싶어도 비밀번호를 모르네
가깝고도 멀어
곁에 있어도 서로 다른 별을 바라보네

맑은 눈동자를 들여다보며
비밀번호를 알아내는 숙제에 몰두하네
들여다볼수록 미궁에 빠지네

우화를 꿈꾸지만
갈아입을 어른이 준비 안 된 나이
풀리지 않는 인수분해처럼
괄호 안에 들어 있는 두 개의 기호
끝까지 같이 있어야 정답에 도달하네

숫자 맞추기에 안간힘을 쏟는 동안
너는 오래전에 나를 풀었으면서

모르는 척 서성였네

정답이 적힌 쪽지를 건네주고
웃으며 가버린 너

슬픈 색으로 물들인 어른의 옷
받아 든 손이 아프도록 시리네

보름달을 끄다

숨길 수 없는 자정의 감정이
내일로 넘어가지 못한다

불을 끄고 누워도 끝나지 않는 오늘
도마뱀 꼬리처럼 잘라낸다
관계가 끊어져도 통증을 못 느끼는 너는
꼬리를 무는 물음표에 지친다

커튼을 내려 보름달을 끈다
두꺼워진 어둠
잠의 계단을 내려가다 헛디딘 발
아픈 발목을 절룩이며
일곱 겹 깊은 꿈속을 헤맸다

순하게 피어 흔들리는 슬픔
포기한 사랑에도 눈물이 흐른다

찢긴 연리지의 핏빛 외로움

피지 못한 봉오리들을 달래며
환한 울음을 둥글게 벗겨낸다

보름달을 삼키는 먹구름
뒤축 접힌 신발이 길을 잃는다

네가 만든 우물

날카로운 말들
퍼내고 퍼내도 마르지 않는 우물

멍든 늑골 아래
울컥울컥 솟아나는 샘
얼마나 웅숭깊은지
열흘을 울어도 마르지 않아

파인 물길 굽이마다
스치는 상처가 쓰리다

메울 수 없는 슬픔의 근처
네 이름이 지워지지 않는다

마당에 어룽대는 그림자
어둠이 그려낸 윤곽

멀리 사라지는 그림자를 보려고

창문을 열었다

내 아픔을 알기엔 너무 얕은 너

슬픔의 우화(羽化)

비가 끊임없이 내려
묽게 번지는 접동새 울음

숲을 적시는 빗소리에 밤이 부푼다
빗방울들 몸 합치는 소리

별빛도 달빛도 없는 오두막
따라오는 입술들
빗줄기에 후두둑 끊겨 흩어진다

바위틈에 머리 묻고
한 마리 새처럼 울고 싶다

떨리는 심장 뛸 때마다 짙어지는 멍 자국
오래 여문 상처의 고름이 쏟아져
밤의 넓은 소매가 젖는다

주름마다 끼어 있는 갈등은

며칠을 울어야 녹아내릴까

얇은 밤의 껍질을 벗기면
혓바닥 밑에 녹아드는 새벽안개

숲을 떠다니는 울음이
새벽을 씻어내는 의식을 끝내면
나비보다 화려한 날개를 펼친다

찢어진 여름

다듬이질 고운 쪽빛 하늘
한여름 태양 쨍하더니
예고도 없이 퍼붓는
국지성 호우

가슴 찢겨 생겨난
천 길 우물
주문을 외우며 버틴다

새벽에 온다던 아이는
아침을 버리고
정오를 지웠다

이승의 단단한 봉오리
환하게 피어날 때까지
기다리지 못하고

젖은 낮달을 따라가

눈물 얼룩진 별자리에 발을 딛는
또 한 생

거친 삼베 얼기설기
구겨진 밤이 끝내
잠들지 못한다

레퀴엠

죽음의 옷이 끈적인다
거미줄에 헛디딘 발을 빼려다
온몸이 칭칭 감긴다

지겹게 달라붙는 나날
어린 이름을 붙들고
수렁으로 떠밀리는 서른

그늘이 직조한 뒷길
떼어낼수록 달라붙는 어둠
생각할 겨를 없이
고통이 피었다 진다

시들며 피어나는 날들의
아슬아슬한 줄타기

방 안 가득 퍼지는 검은 햇살
폭풍의 골짜기를 헤쳐 온

마흔 한복판이 움푹 파인다

희미하게 꺼져가는 불이
자욱한 연기를 피워올리면
마지막 문장이
끈적이는 하루를 씻어낸다

인디안 서머

물러가기 싫은 뒷걸음질
바람의 피가 뜨거워진다

철길 따라 피어난 구절초
끊어진 기적 소리 들릴까
먼 곳을 향한 귀가 따뜻해진다

허공으로 빚은 플라스크*
연금술사 작업이 막바지에 이르렀는데
계절이 고개를 돌린다

겨울이 문을 열기 전
머뭇거리는 발걸음

뜻 모를 전화에 뜨거워진 가슴
겉옷을 벗어 열을 식혀야 했다
식어가는 영혼에 무슨 미련이 남아

심장이 두근거릴까

몸살 앓는 해의 체온이 올라도
이미 변해버린 색깔을 되돌릴 수 없는데

어쩌자고 붉은 열꽃이 툭툭 터지나
억새잎은 갈바람 쪽으로 기울어지나
수레국화는 굴러가던 바퀴를 멈추나

플라스크 가득한 더운 숨결
다가올 시절을 아는지 모르는지
마지막 열꽃을 피워내고 있다

* 목이 길고 몸은 둥글게 만든 화학 실험용 유리 기구

얼어야 피는 꽃

동백꽃 만발한 나무 아래
나를 앉혀놓고 그가
사진을 찍어주었다

떨어진 꽃을 주워
손바닥에 놓아주며
웃으라고,
웃어보라고 했다

눈물이 꽃에 떨어지자
꽃이 빨갛게 얼었다

얼음꽃을 빼앗아
멀리 던져버린 그가
창백한 내 얼굴을
두 손으로 감싸주었다

갑작스런 번개가

심장에 꽂힌다

떨어진 동백이 꿈틀댄다

알 수 없는 그날이
조금 일찍
다가왔을 뿐이다

꽃의 실종

겨울잠에서 깨어난 벌판이
바람을 불러 모읍니다

한 꺼풀씩 벗겨지는 안개
구름의 날개가 됩니다
철새처럼 도래지로 날아가는 구름
꽃잎이 뒤따르며
하늘을 시침질합니다

당신 이름에도 꽃물이 들어
벌판의 나비가 맴돕니다

햇빛 한 다발 정오에 묶어놓고
바람은 꽃의 방향을 길들입니다

목이 긴 꽃송이
숨어 흔들리는 당신

쓰린 물집 터질 때쯤

뜨거운 눈물 터질 때쯤
당신을 찾아낸다면
그대 어깨 뒤에 숨어
말없이 피어나겠습니다

당신의 발자국

들판에 햇빛이 가득합니다

살구나무꽃이 만든 그림자
작은 얼룩처럼
하늘대는 바람을 수놓고 있습니다

그늘에 쌓인 슬픔
지나간 계절의 때가 묻은 눈이
얼었다 녹았다
회색 뼈대만 성글게 남았습니다

허허벌판에 혼자 두고 간 당신
발자국마저 남김없이 들고 가면서
사랑한다는 거짓말은 왜 두고 갔나요

은밀한 곳을 찾아가

발자국을 수북이 풀어놓은
그곳의 저녁은 황홀합니까

혼자 남은 슬픔이
깊은 겨울밤을 밝히는 눈처럼
쏟아지지 않는다 해도

당신의 거짓을 지우고
발길을 옮기려 합니다

모든 흔적들 남김없이 품고 가지만
발자국은 가져갈 힘이 없어
자박자박 남겨두고 갑니다

당신이었나요

젊은 날 꿈속에서
분홍 꽃 만발한 큰 나무 아래 서 있었어요
하늘이 보이지 않을 만큼 탐스러운 꽃
한 송이 따서 머리에 꽂아주던 이
혹 당신이었나요?

온 세상이 밝음으로 가득 차고
꿈속에 다섯 겹 꿈을 꾸던 날
내 어깨에서 돋아난 하얀 날개
훠이훠이 날아가 쉬던 곳
혹 당신 품이었나요?

나뭇잎 치마, 구름 면사포 쓰고
흰 비둘기 순결한 눈동자로
사과 향 가득한 언덕 오를 때
무지개로 천상의 다리 놓고
기다리던 이

혹 당신이었나요?

긴 세월 당신은 매일
시들지 않는 분홍 꽃을 피워냈어요

노아처럼 9백 년을 산다 해도 변치 않을 당신
머리에 꽂아준 꽃들처럼
사랑은 부풀고
가슴은 환희로 뛰었어요

당신에게도 꽃을 꽂아드릴게요
흰 머리카락 남김없이 꽃으로 덮이는 날
우리 손 꼭 잡고
에덴의 언덕으로 달려가 봐요

그리움에 닿다

창호지 두드리는 함박눈 기척에 잠이 깼어요

달도 뜨지 않은 밤이 환해요

산등성이 너머 울음은 메아리로 번져요

추위에 떠는 나무들이 쌓인 눈에 시린 발을 묻어요

당신을 그리는 마음 왜 자꾸 붉어질까요

끌어안은 구름이 빨간 꽃으로 피어나요

성에가 꿈의 뒤편을 얼려요

기침이 잦네요, 잘 견뎌야 해요

눈 위에 흔적을 남기지 못해도 괜찮아요

그리움은 숫눈을 밟으며 당신 울음에 가 닿아요

'갇힌 자'들을 위한 '소리'의 울림

김재홍

시란 영광의 궁전에 무늬를 덧대는 예술이 아니라 고통의 움막에 불씨를 지피는 언어다. 고통은 사방이 캄캄한 밀실 혹은 암실, 시가 보아야 할 것은 언제나 밖이 아니라 안에 있다. 이를 인식한 시인에게 안팎은 따로 있을 수 없으며 그렇기 때문에 이 거대한 밀실에 갇혀 한 생을 살아가는 시인이라면 불씨 하나에 자신을 걸 수밖에 없다.

바로크 건축에서 시설되는 소성당은 안에 있는 사람은 볼 수 없는, 높은 곳에서 스치듯 비켜 들어오는 가늘디가는 빛에 의해 밝혀진다. 그 최초의 작업인 '스투디올로 데 피렌체'에는 창이 없는 비밀스러운 방이 딸려 있다(질 들뢰즈, 『주름, 라이프니츠와 바로크』). 안팎의 구별을 배제하는 구조 속에서 소성당은 외부 없는 절대적 내부로 향한다.

131

그것은 고해소와 닮았다. 고해성사를 바치는 신자는 사제에게 죄를 고백하는 게 아니라 차단된 벽 앞에 꿇어앉아 하느님께 자신의 죄를 고백한다. 신부는 인간의 육성이 아니라 신의 음성을 전할 뿐이다. 그러므로 내면의 울림에서 시작되는 시의 운동은 절대적 내부를 향한 소리의 움직임과 유비적이다. 시란 본디 '갇힌 자'들의 몸속에서 움직인다.

첫 시집 『사라진 요리책』에서부터 신수옥의 시는 어떤 소리와 울림으로 왔다. 방 안에 갇힌 아홉 살 소녀의 내면의 불안과 공포를 '소리'의 예민한 변주로 이끌어간 「아홉 살」에서 "심장박동 **소리**만 방 안을 채우고 있었다/갇혔던 울음이 손가락을 밀쳤다"라고 표현될 때, 우리는 "손바닥에 느껴지는 파동의 메아리/엄마의 **음파**가 아홉 살을 흔들었다"(강조-인용자)는 후속 시행에 쉽게 공감한 바 있다. 고요 속에서 더욱 크게 인식되는 물리적 소리와 불안 속에서 더욱 절박하게 느껴지는 '엄마의 음파'를 비유한 언어 감각이 선명하기 때문이다.

또 그러한 엄마를 "날카로운 삽날이 퍼낸 붉은 직사각 공간에/흙 한 삽 퍼 넣고 울다"가 돌아와 "빈속에 차곡차곡 눈물을 채운다"는 「울음을 다독이다」의 소리 이미지는 밝은 눈보다 예민한 귀에서 더 날렵한 시적 감수성을 드러내는 신수옥 특유의 감각으로 보였다. '갇힌 자'들은 영원히 빛을 향해 걸어가는 존재일 수밖에 없지만, "충혈된 노을이/검은 옷소매를 붉게 적신다"는 표현에서 우리는 그들에게 바치는 아름다운 위안의 언어를 확인한 바 있다.

이번 시집 『그날의 빨강』에서도 소리에 대한 신수옥의 감각은 전면화되어 나타난다. 가령 그녀에게 '다락방'은 허덕이면서도 명문가 족보를 내세우는 아버지에 대한 일종의 반항의 공간이지만, 그것이 "여덟 식구 바글대는 소리가 집 안 구석구석 빈틈없이 채울 때"(「다락방」)라는 소리의 이미지와 대비되면서 날카로운 의미가 형성된다는 것만 보아도 알 수 있다. 기댈데라고는 족보밖에 없는 아버지와 그런 아버지의 명분론적 세계에서 벗어나려는 사춘기 소녀의 현실주의적 갈망은 소리로 인해 더욱 선명해진다.

또 노모와 딸과 함께 간 대중목욕탕에서 늙은 어머니의 '처진 뱃가죽'을 두고 "여섯 번을 팽창했다 오므라들어/겹겹 지층을 이루고 있다"고 안타까워하면서 "물소리 사람 소리 뒤섞인 목욕탕/눈물을 쏟아도 들키지 않는 구석에서/나는 터져 나오는 울음을 삼키며/아이를 끌어안았다"(「숨겨진 지층」)고 말할 때 우리는 시각 정보가 소리로 하여 인간사의 비의에 도달하는 시적 도정을 확인할 수 있다. 신수옥의 이번 시집은 '갇힌 자'들을 위해 보내는 예민한 '소리'의 울림과 같다.

눈감은 자들이 보여주는 소리들

당신을 연모함에도 불구하고 "울음을 어디에 두어야 할지 몰라/간밤 떠내려간 당신의 행방을 수소문"한다며 "맘껏 울지 못한 울음 곱게 접어/슬픔의 공간에 넣어둡니다"(「울음을 접다」)라는 시적 화자는, 장대비가 그치고 '정물화의 오브제'가 된 세상 속에서도 소리에 반응한다. '울지 못한 울음'은 '소리 없는 소리'다. 쏟아지는 빗속에서 사라졌던 '밤의 경계'가 정물화의 고요 속으로 빠져들었지만, 시인은 거기서 '어둠에 갇힌 자들'이 보여주는 소리를 듣는다.

굵은 빗줄기에
밤의 경계가 지워집니다

쓰러질 듯 버티고 선 가로등
뺨을 적시는 세찬 비를 견디며
빗살을 뚫고 사방을 밝히는 일에 골몰합니다

비 그치고 날 밝으면
얼얼한 얼굴을 끄고
정물화의 오브제가 됩니다

창문 열고 바라본 하늘
어제 일을 기억하지 못하는 구름이
제자리 찾느라 분주합니다

울음을 어디에 두어야 할지 몰라
간밤 떠내려간 당신의 행방을 수소문합니다
당신을 아프게 연모한 날들
맘껏 울지 못한 울음 곱게 접어
슬픔의 공간에 넣어둡니다

처음부터 예정된 것은 아니었을까
위로가 되지 않는 착각을 합니다

그림을 빠져나온 가로등이
대본을 펼쳐듭니다
어둠에 갇힌 자들의 슬픔을 지우는 연극
조명이 하나둘 켜집니다

—「울음을 접다」 전문

이 작품의 전반부는 운동성이 사라지고 정물이 되어가는 시
간의 흐름을 요약하고 있다. 1~3연은 세차게 쏟아지는 빗발의
수직적 운동이 '밤의 경계'를 지우는 장면에서부터 '비 그치고'
날 밝아 '정물화의 오브제'가 되는 상황으로 흘러간다. 물론 주
인공은 가로등이다. 그것은 쓰러질 듯 버티고 서서 '빗살을 뚫
고' 사방을 밝히지만, 이내 정물의 고요 속으로 빠져든다.

비와 밤이 '눈감은 자'들의 어둠을 표상한다면, 가로등은 그
들에게 구원의 빛을 던지는 일종의 신의 전령이 된다. 그러나
여기서 '구원의 빛'은 강렬한 소리를 동반하고 있다. 어쩌면 빗
소리로 인해 빛이 굴절되는 듯한 이미지도 보인다. 비와 밤과
가로등은 서로 어울려 빛 속의 소리라는 매우 특별한 이미지
를 형성하고 있다. 때문에 비 그치고 해가 뜨면 깊은 고요 속으
로 빠져드는 가로등은 정물의 오브제가 된다. 물론 여기서도
정물의 고요는 간밤의 격렬한 소리의 운동에 대비됨으로써 선
명한 시각 이미지로 살아난다.

후반부는 다시 시간이 흘러 "어둠에 갇힌 자들의 슬픔을 지우는 연극"이 시작되는 과정을 보여준다. '어둠에 갇힌 자들'은 맘껏 울지 못하는 자들을 표상한다. 그들은 "울음 곱게 접어" 슬픔의 공간에 넣어두는 사람들이다. 따라서 '어둠'은 밤이거나 빛 없음을 넘어 슬픔이거나 울 수 없음을 나타낸다. 그러므로 시인은 조명이 하나둘 켜지기 시작하는 시간을 기다려 '가로등이 펼치는 대본'에 주목하는 것이다.

한여름 세찬 소나기 맞은 맨몸

가시광의 빨강을 빨아들인 꽃이
더욱 선명해졌다

9월의 샐비어는
탱고를 추었다

스무 살 처녀들의 재잘거림

반도네온 연주처럼
몰려왔다 사라졌다

빨강은 짙어지고
짙어져서 더욱 외로워지고

젊음을 두고 와서

머리는 늘 그쪽을 향했는데

돌아갈 날 기다리지 못하고
붉은 저녁노을 속으로

사라진 꽃

빨강이었다
눈이 저릴 만큼 강렬한

— 「그날의 빨강」 전문

「그날의 빨강」에도 전반부의 소리와 후반부의 소리 없음 혹
은 빛의 대비가 두렷하다. '소리'는 세찬 소나기와 샐비어의 탱
고, 스무 살 처녀들의 재잘거림 등으로 나타난다. '소리 없음
혹은 빛'은 빨강, 붉은 저녁노을로 드러난다. 소리가 격렬함의
강도를 조금씩 낮추면서 흘러간다면, 소리 없음 혹은 빛은 처
음부터 짙고 강렬하다. 소리의 전반부와 소리 없음 혹은 빛의
후반부가 마치 오케스트라의 총주(tutti)처럼 서로 갈마들면서
일체감을 보여준다.

'그날의 빨강'은 그렇게 인상적이다. 비 그친 뒤 더욱 선명한
샐비어의 빨강은 '스무 살 처녀'의 재잘거림처럼, 반도네온 연
주처럼 산뜻하다. 젊음은 그 어떤 색깔과도 비교할 수 없는 생
명력 자체이다. 탱고라고 해도 좋고 플라멩코(flamenco)라 해도
좋다. 어느 것이든 젊은 '빨강'의 역동적 기운을 표현할 수 있

으면 된다.

또 다른 '빨강', "붉은 저녁노을"은 쓸쓸하다. 그러한 빨강은 짙어지고, 짙어질수록 외로워진다. 거기에는 젊음이 없기 때문이다("젊음을 두고 와서"). 여기서 우리는 시적 화자가 "머리는 늘 그쪽을 향했는데//돌아갈 날 기다리지 못하고"라 말할 때 짙은 페이소스를 느끼게 된다. 시간은 되돌릴 수 없기 때문이다. "그날의 빨강"은 저녁노을을 바라보는 모든 사람들을 위한 색깔이다.

그렇다. 우리는 모두 "사라진 꽃"이 되는 때를 만난다. 만일 우리가 '눈감은 자들'이라면, 시간 앞에서 한없이 무기력한 존재이기 때문이다. 그런 점에서 신수옥이 보여주는 소리들은 눈감은 자들을 위한 구원의 울림일 것이다. 그것은 춤추려 하는 것의 변주이기도 하며, 세차게 쏟아지는 빗발의 춤이기도 하다. 신수옥의 소리에는 삶과 죽음의 경계를 무너뜨리는 도저한 시간 의식이 보인다. 그렇다면 우리도 지금부터 눈감은 자들의 소리에 귀를 기울여야 한다.

고래가 떼 지어 그늘을 뿌린다

신수옥의 이번 시집에서 주목되는 점은 소리와 소리들의 변주만이 아니다. 공간적 지평과 생사를 넘나드는 시간적 차원만도 아니다. 「양철 지붕 위의 바다」와 같은 많은 작품들이 보여주는 리듬감 또한 오랜 수련에서 비롯된 세련미라고 할 만하다. 가령,

고래가 무리 지어 헤엄친다
지나온 바닷길은 비밀
커다란 꼬리로 흔적을 지울 때
튀어 오르는 물보라가 태양을 적신다

…(중략)…

고래의 날숨이
그리운 꽃을 피워 올리는 동안
고백은 오래된 지붕처럼 녹이 슬었다
　　　　　　　　　—「양철 지붕 위의 바다」 부분

이상에서 보는 바와 같다. '고래'가 환기하는 세밀한 의미론적 변주는 그 자체로 주목되어야 할 터이지만, 반복되는 '고래'에 보이는 음가 전개의 규칙성과 그 음운론적 리듬감에 부합하는 '꼬리', '오르는', '물보라', '꽃', '고백', '오래된' 등 'ㅗ' 음을 가진 시어의 반복은 이 시인에게 의미론적 지시성을 넘는 어떤 생래적 언어 감각이 내재해 있음을 시사한다. 유아기 언어 발달 과정에 주목한 몇몇 연구들에 따르면 언어는 1차적으로 음악임을 이 작품은 잘 보여준다.

「양철 지붕 위의 바다」에서 시인은 "고래가 떼 지어 그늘을 뿌린다"고 했다. 가난하지만 어느 단란한 가정의 양철 지붕 위로 거대한 푸른 바다가 있고, 그 바닷속을 고래는 무리 지어 헤엄친다. 고래가 꼬리치면서 유유히 날아갈 때, "튀어 오르는 물보라"는 태양을 적신다. 하늘 위로 이토록 아름다운 바다가 그려지면, "녹슨 어깨 내어주는 **소리**"가 별빛보다 맑아서 "새벽은 하늘 가득 **음표**를 받아 적는다"(강조-인용자)

'고래 떼'가 헤엄치는 푸른 '하늘 바다'와 하늘의 음표로 기록된 '맑은 소리'가 호응하는 양철 지붕 아래엔 어떤 이들이 살고 있는가. 이 시의 결구는 이렇게 말한다.

> 눈빛의 온도가 다르고
> 눈물을 해석하는 방식이 달라서
> 간격이 자꾸 넓어졌다
>
> 아가미 열고 걸러내는 새벽안개
> 고래가 떼 지어 그늘을 뿌린다
>
> ―「양철 지붕 위의 바다」 부분

눈빛의 온도가 다르고, 눈물을 해석하는 방식이 다른 사람들이 살고 있다. 그래서 이들은 서로 간격이 자꾸 넓어지는 사람들이다. 이들은 고래가 떼 지어 그늘을 뿌리는 양철 지붕 아래에 산다. 지붕 위의 푸른 바다에서 뿌려지는 그늘 속에 사는 사람들이다. 이로써 신수옥이 주목하는 '양철 지붕 위의 바다'는 이런 사람들의 삶과 극명한 대비를 이루는 장치가 된다. 그 장치는 리듬이 의미를 강화하고, 이미지가 대상의 비극성을 창출하는 세계를 보여준다.

갈가마귀 울음이 비에 젖는 밤
불어난 별들이 은하수 방죽을 넘어와
간이역을 적시고 있다

무릎에 허름한 짐을 놓고
기적 소리에 귀 기울이는 부부

두고 온 것이 아쉬운가
누군가 뒤따라오는 두려움
남자의 눈동자가 불안하게 흔들린다

바닥에 시선을 붙들어둔 여자
한마디 말이 없다

남쪽으로 가는 기차가
비 흠뻑 젖은 이마에 전구를 달면
레일과 바퀴 사이
마찰을 견디는 빗물
비명이 미끄러진다

서둘러 일어서는 남자
짤막한 흰 나무 한 그루 꺼내
아내 손에 쥐여주면
마술처럼 순식간에 자라
톡톡 눈을 땅에 대고
여자의 방향을 조절한다

가지에 피어나는 흰 꽃송이들

내일이 도착한다

―「간이역」 전문

　시인은 지금 "불어난 별들이 은하수 방죽을 넘어와" 간이역을 적시는 장면을 보고 있다. 그리고 "기적 소리에 귀 기울이는 부부". 그들은 불안해하는 사람들이다. 남자는 누군가 뒤따라오는 것 같은 불안에 흔들리고, 여자는 말 한 마디 없이 시선을 바닥에 붙들어두었다. 불안의 크기만큼 '남쪽으로 가는 기차'의 기적소리에 예민해진다. 그들은 지금 야반도주를 할 수밖에 없는 처지의 부부들이다.

　불안에 떨고 있는 한밤 비는 내리고, 소리 없이 열차를 기다리는 부부 앞으로 "레일과 바퀴 사이/마찰을 견디는 빗물/비명이 미끄러진다". 이제 이들은 '남쪽으로' 떠날 수 있다. 남자는 서둘러 일어서서 아내에게 '흰 나무 한 그루'를 쥐여준다. 그것은 순식간에 자라 "여자의 방향을 조절한다". 마술 같은 일들이다. 그 순간 나뭇가지에선 흰 꽃송이가 피어나고, "내일이 도착한다". 간절함이 빚어낸 신비한 마술이다. 또한 모든 가난한 부부에게 던지는 신수옥의 위안의 언어이다.

　우리는 여기에서 "사람은 사람 이전에 이 땅에 나타난 모든 존재들의 바람과 애씀의 열매"(양명수, 「우주 생명의 길, 사람됨의 길」, 테야르 드 샤르댕, 『인간현상』)라는 현대적 사유의 깊이에 도달한다.

걸음마와 죽음의 조도(照度)

신수옥의 이번 시집은 '갇힘'이라는 존재론적 인식이 소리와
그 리듬을 통해 표현되는 내부성의 세계를 보여준다. 인간은
공간에 갇혀 있고, 시간에 갇혀 있다. 이것은 외부적 압력이 인
간에 가하는 '갇힘'을 의미하는 게 아니다. 인간은 스스로 어떤
규칙 안에 머물러야 한다. 영혼과 육신의 '틀'은 완전히 내부적
인 어떤 '갇힘'을 의미한다. 이것은 인간의 절대적 내부성이다.

> 아흔 넘어 노환으로 누운 어머니
> 이 겨울 지나면
> 따뜻한 봄볕 쬐며
> 다시 피어나야 한다고
> 눈물 흘리는 아들
>
> 전쟁과 가난을 누덕누덕
> 끝없이 꿰매다 지친 구십 년
> 덧붙였던 조각 하나씩 떼어버린다
>
> 표정 잃은 얼굴
> 멍한 눈으로
> 흐름 멈춘 계절에 갇혀
> 물기를 말리고 있다
>
> 떼쓰는 어머니를 일으켜

걸음마를 가르친다
꼬부라지고 야윈 등
아들 품에 기대 발걸음을 뗀다

흐릿하게 살아나는 기억
걸음마, 걸음마, 옳지 옳지 잘한다 우리 아들
그 봄날은 참으로 따사로웠지

한바탕의 꿈결
아흔다섯 번 굽이친 봄은
검버섯에 덮여 시들어가는데
늙은 아들의 애타는 눈물은
무슨 꽃으로 피어날까

　　　　　　　　　　　　　—「걸음마, 걸음마」 전문

　'아흔 넘어' 누운 어머니는 이제 자신이 아들에게 가르쳤던 걸음마를 배워야 하는 처지가 되었다. 걸음마는 세상에 태어나 스스로 일어서기 위한 첫 운동이다. 사람은 일어서야 하고, 스스로 걸을 수 있어야 한다. 걸음은 인간과 다른 동물을 구별하는 특질 가운데 하나다. 늙은 어머니는 제대로 걷지 못하고 누워 지낸다. 이것은 '네 발 → 두 발 → 세 발'로 걷는 게 무엇이냐는 스핑크스의 수수께끼를 우문으로 만드는 인간의 솔직한 현실이다.
　걸음마에 인간의 '갇힘의 양상'이 있음을 인식하고, 그것을 통해 어머니와 아들이 육신을 주고받은 혈육임을 확인하는 인

간의 근본적인 무기력이 여실하게 드러난다. 신수옥은 "전쟁
과 가난을 누덕누덕/끝없이 꿰매다 지친 구십 년"을 안타까워
하는 만큼 "떼쓰는 어머니를 일으켜/걸음마를 가르"치는 아들
의 비애감도 놓치지 않는다. 또한 걸음마로 연결된 어머니–아
들의 시간을 '한바탕의 꿈결'로 압축함으로써 그것에 깊이를
더하고 있다.

  신수옥이 인식한 대로 무기력한 인간의 무기력을 극한까지
밀고 가면 거기에는 분명 이러한 초월 의식이 있을 것이다. "걸
음마, 걸음마, 옳지 옳지 잘한다" 우리 엄마, 우리 아들…… "아
흔다섯 번 굽이친" 어머니의 봄은 검버섯에 덮여 시들어간다.
늙은 아들은 애타는 눈물을 흘린다. 그러므로 어디로 뻗어갈
것인가. "무슨 꽃으로 피어날" 것인가. 그것은 아마 영혼과 육
신의 '틀(갇힘)'을 벗어나 우주의 진정한 절대적 내부성으로 확
장되는 참다운 자유를 만끽할지 모른다. 개체성을 벗고 우주
와 합일되는 자유 말이다.

  그런 점에서 여기 이 시집의 또 다른 절정의 양상이 등장한다.

    등을 밝혀도 아득할 뿐
    아무것도 보이지 않는데
    희미한 기계음이 삑삑
    검은 바다를 떠돈다

    죽음의 온도를 찾아가느라
    가쁜 숨을 몰아쉬는 산소호흡기

창틈으로 스미는 바람
북풍을 숨긴 겨울 바다가
속달로 배달된 날
파도가 너무 가팔라
오르다 미끄러지기를 반복하는
마지막 호흡

빈 몸조차
밝은 색깔로 갈 수 없어
손가락 끝에서 얼기설기
색을 지우며 올라오는 서글픔

살구색 크레파스로는
그려지지 않는 엄마 얼굴
슬펐던 어린 날이
어둠을 찢고 나와
묶였던 통곡의 날개를 펼친다

까만 돛을 펼친 밤이
수평선을 넘는다

—「죽음의 조도(照度)」 전문

  '갇힌 자'들이 이룩한 슬픔의 공동체는 결국 "수평선을 넘는
다". 아니 그것을 넘어야만 비로소 참다운 자유의 세계가 열린
다. 따라서 '수평선'을 넘지 않고서는 누구도 자유에 도달하지
못한다. 그것은 자유를 향한 절대적 경계이다. '죽음의 온도'를

찾아가는 차가운 기계음만 들리는 병실에서, 그래프는 너무 가팔라 "오르다 미끄러지기를 반복"하는 시간. 영혼과 육신이 처음으로 돌아가 완전한 이별을 고하는 순간.

'수평선'이 보인다. 그것을 넘은 엄마와 넘지 않은 자식 사이에 존재론적 단절이 이루어지는 병실에서 시인은 통곡한다. "까만 돛을 펼친 밤"이 수평선을 넘는 걸 보면서 생과 사를 나누는 '죽음의 조도'를 생각한다. 서글픔이나 슬픔, 안타까움을 숨기지 않는 솔직한 표현 속에 수평선을 넘는 '엄마'의 모습을 간결하게 드러냄으로써 이 작품은 '갇힘'에서 '자유'로 나아가는 인간의 운명을 담담히 그려낸 수작이다.

이처럼 '갇힌 자'들을 위한 예민한 소리와 울림으로 가득한 신수옥의 이번 시집에는 이 밖에도 다양한 이미지들이 등장한다. "오르막과 내리막이 출렁대는/파동"(『파동의 날개』)의 이미지. "유리를 통과한 새벽빛에/잠들었던 심장"(『숨은그림찾기』)의 이미지. "뒷산 무덤가 할미꽃을 적시는 비"(『녹슨 거미줄』)의 이미지. "태양 가까이 날아가고 싶은 열망"(『날개는 주머니 속을 날지 않는다』)의 이미지. "혀처럼 말 잘 듣는 주걱을/힘없이 놓친 엄마"(『뜨겁게 시리다』)의 이미지. 또 "별의 눈물"(『바람의 어휘』), "맨발의 유성"(『숨소리』), "울타리 없는 벌판"(『밤의 둘레』), "꿈의 경계를 긋는 당신"(『봄의 촉감』), "숲을 떠다니는 울음"(『슬픔의 우화(羽化)』), "심장에 꽂힌 번개"(『얼어야 피는 꽃』)……

시인은 말한다. "오르지 못할 나무인 줄 알면서도/오르고 또 올랐다". 젊지 않은 나이에 시단에 나왔어도 우보천리의 기운으로 쉬지 않고 시의 길을 걸어온 시인은, "거기가 어디든/쉼 없이 올라갈 것"(「시인의 말」)이라고 말한다. 이토록 굳센 시인이라면, 신수옥의 다음 행선지를 전망하며 기다리는 일은 설레는 일일 수밖에 없다.

金載弘 | 시인·문학평론가